4

HEURES DE LOISIR

D'UN JEUNE COLLÉGIEN

PAR G. D. DES VARENNES.

Forsan et hæc olim meminisse juvabit.
(ÆNEIDE, livre I, vers 203.)

Peut-être un jour ces vers, loisirs de ma jeunesse,
Pourront-ils récréer l'ennui de ma vieillesse !

ORLEANS.

IMPRIMERIE D'ALPHONSE GATINEAU.

Juillet 1844.

41951

HEURES DE LOISIR

D'UN JEUNE COLLÉGIEN

PAR G. D. DES VARENNES.

Forsan et hæc olim meminisse juvabit.
(ÆNEIDE, livre I, vers 203.)

Peut-être un jour ces vers, loisirs de ma jeunesse,
Pourront-ils récréer l'ennui de ma vieillesse !

ORLEANS.

IMPRIMERIE D'ALPHONSE GATINEAU.

—o᛬᛬o—

Juillet 1844.

1845

Ye

41951

A MON LIVRE.

Allez, feuilles de mai, le zéphyr vous appelle ;
Voyageuses d'un jour, allez chercher un toit,
Vous jaunissez déjà, mais évitez le froid,
Et, belles, revenez trouver l'ami fidèle.

Je vous suivrai toujours dans le tourbillon noir,
Comme le matelot observe son étoile ;
Avant de hasarder, sa rayonnante voile,
Sur les flots obscurcis par les ombres du soir !

16 *juillet* 1844.

G. D. des Varennes.

DÉDICACE.

A MA MÈRE.

Aujourd'hui, plein d'espoir,
Mère je te dédie
Ma tendre rêverie ,
Mon premier chant du soir.

Ce sont les doux pensers
Que je pris dans la nue ,
Comme sur l'avenue
Je cueillais tes baisers.

Sous l'ombre d'un ormeau ,
J'entretins mon bon ange ,
Et la voix d'un mésange
Au doux bruit du ruisseau

Mêlait ses doux accents ,
Et leur tendre murmure
Donnait à l'âme pure ,
De mélodieux chants ;

Ce fut là que l'amour ,
Et l'ordre de la terre
Ravirent pour ma mère ,
Ce premier chant d'un jour !

Je te remis ma voix,
Ma bonne confidente,
Éloigné de la pente
Qui fait perdre la croix !

A mes jeunes accents,
Vinrent bientôt des charmes,
Pour dissiper les larmes
De malheureux amants !

Et le plaintif ruisseau
Murmura pour Estelle,
Une chanson si belle,
Qu'elle ravit l'oiseau !

Reçois donc mes pensers,
Ma douce et tendre mère !...
Avec ma sœur, mon frère,
J'attends tes doux baisers.

SOUVENIR.

ROMANCE.

« Je me souviens de ma douce patrie,
De mon joli pays,
De toi, de toi, France belle et chérie,
Où je naquis.

« Forêts, vallons, prés chéris de la Seine,
Asiles de nos rois,

Lieux enchanteurs où mon cœur se promène,
    Je vous revois.

« Contre toi je ne fus jamais rebelle,
    O France, ô mon pays,
Ne repousse point comme un infidèle
    L'un de tes fils !

« A ce mot mon cœur bat; France adorée,
    Mon pays, mes amours,
Je consacre à ta gloire désirée
    Mes pauvres jours ! »

C'était ainsi qu'à sa chère patrie
    S'adressait en pleurant,
Celui qui pour elle dans l'Italie,
    Versa son sang.

A MON AMI AN. V...

J'aime au milieu des bois
A suivre tristement l'allée,
Qui mène au mausolée,
Couvert de marbres froids !

J'aime à laisser au gré du vent,
Sans bruit, s'envoler la prière,
Que je récite sur la pierre,
Où refroidit un bel os blanc !

J'aime à rêver près d'un ruisseau,
Qui s'échappe dans la prairie,...

Car c'est l'image de ma vie !
J'aime à penser à mon hameau,

Où je passai mes premiers jours,
Loin des humains, loin de la ville
Où je croissais vif et tranquille,
Tout occupé de mes amours !

J'aime à rêver près d'une fleur,
Où vient se reposer l'abeille,
Où je m'en vais dessous la treille,
Pleurer, gémir, sur mon malheur !

LA ROSE DES CHAMPS.

De nos guérets, modeste reine,
Ne te plains pas du doux zéphyr
Qui te balance dans la plaine,
Et les soirs te vient rafraîchir.

A ce doux vent ne sois rebelle,
De tous les yeux, il te fait admirer,
Il donne tout à toi ma belle,
Car il ne peut te mépriser.

Veux-tu quitter la solitude,
Veux-tu venir dans nos bosquets,
Pour calmer mon inquiétude,
Abandonner tes durs guérets ?

Viens, viens, une eau toujours limpide,
Chaque matin te récréera,

Sur toi jamais ce doux liquide,
Par bonds, par flots, ne tombera !

Mais non : garde ta solitude,
Je ne veux point dans les honneurs,
Te faire trouver servitude, ·
Ni donner ton cœur aux douleurs.

Tu seras mieux dans tes guérets,
Où tu seras bien admirée,
Que dans nos superbes bosquets,
Toujours par nos pas déchirée !

LE JOUR DES RAMEAUX.

Je te salue, ô croix,
Mon unique espérance,
Pardonne au pécheur aux abois ;
Et soutiens de ton assistance,
Celui qui propage tes lois.

Le voici donc enfin ce jour tant attendu
Des enfans et des mères,
Il vient tout rayonnant et de pourpre vêtu,
Soulager nos misères.

Soutiens-nous, ô Jésus, car bientôt au tombeau
Qui reçut ton saint corps, nous irons plein de larmes,
Implorer ta bonté, te demander des armes,
Pour étendre bien loin ton empire si beau !

Mais aujourd'hui, mon Dieu, tout rempli de bonheur,
Je te fête tranquille,

Et de tous mes péchés, brillant triomphateur
    Je prie en ton asile !

En sortant de l'autel que vois-je autour de moi ?
Pourquoi tous ces rameaux ? pourquoi ces jeunes filles
Vont-elles en courant porter dans leurs familles
Ce buis verdoyant, et pourquoi ce convoi ?

Mon cœur en est ému !... mais je suis un pécheur ;
    Et ne puis de la fête,
Suivre la marche lente... oh ! mon Dieu ! quel malheur !
    Mais voici que du faîte

D'une simple tribune en public enhaussée,
Part une douce voix : je m'approche aussitôt,
Pour entendre, écouter ; mais la foule entassée,
Me culbute, m'entraîne, et me presse en son flot.

    Je te salue, ô croix,
    Mon unique espérance,
Pardonne au pécheur aux abois,
Et soutiens de ton assistance,
Celui qui propage tes lois !

                                31 mars 1844.

PREMIER AMOUR.

Je t'ai vue, et mon cœur a senti sa faiblesse,
Je me croyais aimé, car sans cesse au retour,
Tu me prodiguais bien caresse sur caresse,
Mais ton fiancé t'a prise... et tu n'es plus au jour !..

Avec moi tu vivrais, sans moi te voilà morte,
Et moi, sans toi, ma belle, en rêvant à l'amour,

Je t'attends et je meurs ; chaque fois que je porte
Mes pas, où je te vis... hélas !.. un si beau jour.

Adieu plaisir et vie, adieu verte campagne,
Où je rêvais près d'elle, à l'ombre de l'ormeau,
Adieu charmant bocage, et toi belle montagne,
Qu'égayait de ses chants l'harmonieux oiseau !

Je ne suis plus au monde !... et sans elle, je pleure,
Comme un petit enfant, privé de son joujou,
Car comment sans Estelle espérer !... je me meure !
Ta perte, belle amie... hélas ! m'a rendu fou !.

Et pour combler encor ma peine insupportable,
Ton époux trop cruel semble arrêter tes pas,
Lorsque près de mon toit, ô charme délectable,
Tu viens pour me montrer tes séduisants appas !

Sans cesse, je t'appelle, et ma voix trop souffrante,
Parmi les sombres bois ne trouve plus d'échos,
Car depuis ton départ, Estelle, ô ma charmante,
Je n'entends plus, le jour, les concerts des oiseaux !

Je t'aurai tant aimé, si ta voix dans mon âme
Avait plongé ce mot : « Je t'aime » : trop content,
Au milieu des transports de la plus pure flamme,
J'aurais chanté ton cœur, et l'amante et l'amant!

A MON AMI L. B.

LE LIS ET LA VIOLETTE.

LE LIS.

Moi j'ai pour apanage,
La blancheur que Dieu me donna,
Et je prends en partage,
Le plus joli sopha.

LA VIOLETTE.

Pour moi plus retirée,
Je me cache sous le gazon,
Et je suis délivrée
Des soucis du renom ?

LE LIS.

Je règne en un parterre,
Par mon haut rang, par ma blancheur,
Et ma tige à la terre
S'attache avec honneur !

LA VIOLETTE.

Pour moi plus dédaigneuse
Je me retire en un désert,
Et ma senteur heureuse
S'exhale en mon couvert.

LE LIS.

Moi j'attire la vue
Des Ducs, des Seigneurs, des grands Rois,
Et ma beauté connue
Les transporte parfois !

LA VIOLETTE.

J'aime la solitude,
Sous l'herbe, j'aime à me cacher,
Et la béatitude,
N'a pu m'abandonner !

LE LIS.

Triste état, violette,
Viens près de moi, régner, jouir,
Et tu pourras fleurette,
Alors te réjouir !

LA VIOLETTE.

Non, je veux être seule,
Pour bien jouir de mon bonheur,
Et ne veux pas, bégueule
Aller trouver l'honneur !

APRÈS UNE LECTURE.

La branche est jeune encore, et le rameau fragile,
Ne vas pas t'égarer dans des chemins perdus,
Sans autre conducteur que ton coursier agile ;
Les hommes sont bien durs pour celui qui n'est plus.

Ton char étincelant, s'éteindra malgré toi,
Si tu ne ralentis sa course vagabonde,
La poussière le gagne, et la nuit, paix profonde,
Las ! l'entoure déjà.... Jeune homme, écoute-moi !

Vois ce triste vieillard se rouler sur la terre,
Hier il était riche, il est pauvre aujourd'hui,
Ici-bas rien n'existe, et tout n'est que poussière,
Au ciel est le séjour où l'on vit sans ennui !

Ton rameau verdoyant, demain ne sera plus,
L'aquilon sans pitié, le jaunira sans crainte,
Et les feuilles au vent, porteront leurs tributs !....
Le séjour d'ici-bas n'est que fiel et contrainte !

A MON AMI ERN. F.

Je souffre, et dans mes maux aucun ne me console,
Pour me désennuyer, auprès de mon chevet,

Je n'entends même pas une douce parole...
Ce n'est que médecins, que bols et que duvet.

Si j'avais près de moi quelque ami de jeunesse,
Peut-être que, plus calme en sentant ma douleur,
Je verrais à pas lents s'en aller ma tristesse,
Mais puisque je ne puis, je me donne au malheur!

Que l'on est malheureux, quand la fièvre accablante,
Vous retient dans un lit, cloué sans mouvement,
Vous ravissant encor, les baisers d'une amante,
Et les regards naïfs d'un œil encor brûlant.

Mon sang coule par bonds, et mon âme enflammée,
Alimente mon corps de ce feu dévorant
Qui, toujours le consume; oh! fièvre envenimée,
Pourquoi ne pas laisser ce cœur encore aimant?

Ta cruauté s'étend jusque sur mes délices;
Tu me ravis le jour entre quatre rideaux,
Tu m'empêches de voir tous les joyeux caprices,
De tous jeunes enfants, aux corps sveltes et beaux!

L'ami consolateur que, sans cesse j'envie,
Tu me l'as donc ravi dans ta méchanceté!
Et bien! reprends ce corps, prive-le de la vie,
Pour qu'il monte là-haut, apprendre l'équité!

ROMANCE.

L'HIRONDELLE.

Légère hirondelle
En effleurant l'eau,

Si belle
Du ruisseau,
Pourquoi donc si vite,
Bien loin de moi
Prendre la fuite,
Pourquoi, pourquoi?

Crains-tu ma belle,
Ma main où mon bras?
A quoi bon rebelle,
Me cacher tes appas!
Légère hirondelle, etc.

Quand je te vois dire,
Un chant tout joyeux,
Mon cœur en délire,
Se perd dans les cieux.
Légère hirondelle, etc.

Jamais la bergère
Ne m'à délaissé,
Pourquoi si légère,
Toi, m'as-tu laissé?
Légère hirondelle, etc.

Mon âme s'enflamme,
En voyant ton cou,
Et tu fuis sa flamme,
Superbe bijou!
Légère hirondelle, etc.

La brise éphémère,
Balance le pin;
L'amante légère

Prend l'air du matin.
Légère hirondelle, etc.

Viens avec l'aurore,
Avec le zéphyr ;
Tu verras encore,
Ton ami venir.

Légère hirondelle,
En effleurant l'eau,
   Si belle,
   Du ruisseau,
Reviens, et bien vite,
   Auprès de moi.
Ah ! laisse ta fuite ;
   Pour moi, pour toi !

A DE PETITS ENFANTS,

Sur le vélin, enfants, attachez vos beaux yeux,
Et parcourez l'arène où règne la pensée,
D'un écrivain sublime, au front tout radieux,
Suivez la main du maître et sa bouche glacée
Qui reprend vos erreurs, dans le livre des cieux !

Profitez du jeune âge, et tracez sur vélin
Les caractères froids, les bâtons de l'enfance ;
Mais que toujours aussi, redoutant le destin,
Votre tête légère et pleine d'espérance,
Ne perde pas le soir, la leçon du matin.

AUX MANES D'HÉGÉSIPPE MOREAU. [1]

Pourquoi , triste tombeau n'ouvres-tu point les ailes ?
Le corps du jeune Ixus que tu tiens enfermé ,
Volerait avec moi dans l'éther enflammé !
    Mais je n'entends que des voix grèles !

Mais du moins sous mon toit ton asile était sûr ;
Je t'aurais protégé , tu m'aurais rendu pur ,
Et tous deux vers les cieux , plein d'amour et de joie
Nous aurions pris le vol !... laissant la mort sans proie !

Près d'un ruisseau chanteur , auprès d'une prairie ,
Nons aurions vu tous deux , sans chagrin ni douleur ,
Après avoir cueilli , respiré le bonheur ,
    Lentement s'en aller la vie !

Pourquoi n'es-tu resté ?... fallait-il , ô destin ,
Sitôt nous enlever ce cygne d'un matin !
Fallait-il tant hâter ta course inanimée ,
Pour flétrir le bonheur de cette âme animée !

---

(1) Jeune poète français , né à Provins en 1809 , mort à Paris à l'hopi-
tal de la Charité en 1838. Hégésippe Moreau avait un véritable talent;
des poésies qu'il publia trois mois avant sa mort sont pleines de grâce et
de fraîcheur.

L'OMBRE DE MON FRÈRE.

A MON AMI ANAT. V....

J'ai beau courir ; à mon esprit ,
A ma mémoire , à ma pensée ,
S'offre toujours l'ame glacée ,
De mon frère , de mon Henri !

Auprès des bois , près d'un écho ,
Je vois toujours sa belle image ;
Elle me suit près du rivage ,
Elle viendra dans mon tombeau !

Philomèle dans les forêts ,
La fauvette dans mon parterre ;
Ecoutent , pour le presbytère
Ce que je chante à mes bosquets !

Si je m'égare dans les champs ,
Jamais riante est ma pensée ,
Et j'ai toujours l'âme oppressée ;
Et pleine de chagrins touchants !

J'aime au milieu des bois ,
Pleurer dans la touchante allée ,
Celui qu'un mausolée ,
Recouvre de son bois !

A MON FRÈRE.

Triste et rêveur, j'aime à pas lents,
Me promener à chaque aurore,
Dans les forêts ou dans les champs,
J'aime à trouver le sycomore !

J'aime à prier sur le tombeau
De mon frère mort dans l'année ;
J'aime à redire à mon hameau
Ces tristes jours !... ô destinée !

Quand devant moi viendra la mort,
Ce sera là mon hyménée ;
Je ne plaindrai jamais mon sort !
Mais vous, mes frères, dans l'année,

Du moins un jour priez pour moi :
Moi dans les cieux plein d'allégresse,
Quand tintera votre beffroi,
Je rappellerai ma tristesse !

Souvenez-vous du moins un jour,
Qu'auprès de ce beau sycomore,
Venait rêver à son amour,
Celui qui ne vit qu'une aurore !

Ici-bas rien qui dure : amour,
Plaisir, bonheur, chose éphémère !
Tout, n'a qu'un moment et qu'un jour,
Tout, n'est que beauté printannière !

Table.

www.ingramcontent.com/pod-product-compliance
Lightning Source LLC
Chambersburg PA
CBHW070804200626
46811CB00023B/1680